凌翔　夏海涛　主编

我和四季有个约会

戴子岚　著

北京出版集团
北 京 出 版 社

图书在版编目（CIP）数据

我和四季有个约会 / 戴子岚著 ；凌翔，夏海涛主编． —北京 ：北京出版社，2023.3

ISBN 978-7-200-17864-7

Ⅰ．①我… Ⅱ．①戴… ②凌… ③夏… Ⅲ．①诗集—中国—当代 Ⅳ．① I227

中国国家版本馆 CIP 数据核字（2023）第 042767 号

我和四季有个约会

WO HE SIJI YOU GE YUEHUI

戴子岚 著

凌翔 夏海涛 主编

出　版　北京出版集团

　　　　北京出版社

地　址　北京北三环中路 6 号

邮　编　100120

网　址　www.bph.com.cn

发　行　北京出版集团

印　刷　三河市中晟雅豪印务有限公司

经　销　新华书店

开　本　710 毫米 ×1000 毫米　1/16

印　张　13

字　数　27 千字

版　次　2023 年 3 月第 1 版

印　次　2023 年 3 月第 1 次印刷

书　号　ISBN 978-7-200-17864-7

定　价　59.80 元

总　序

儿童诗的特质与价值

有不少成年诗人与文学批评家对儿童诗不以为意，认为儿童诗是“小儿科”，这种误解和偏见与许多读者（专业读者与业余读者）认为整个儿童文学都是“小儿科”一样，性质完全相同。但是，这种对于儿童诗以及整个儿童文学的误解和偏见显然是站不住脚的。试想一下，我们只要让这些人去认真地读一读安徒生的童话作品，或者去读一读普希金的童话诗篇《渔夫和金鱼的故事》这类地地道道的儿童文学作品，他们一定会被这些儿童文学作品中深刻动人的思想艺术魅力深深吸引，进而被完全折服。由此可见，对于儿童诗，我们有重新认识的必要。回到中国当代儿童诗领域，柯岩、金波、任溶溶、高洪波、樊发稼、王宜振、徐鲁、金逸铭等知名儿童诗人，均创作出了一批思想艺术品位不俗的儿童诗精品力作，令人不可小觑。

理想层面的儿童诗确实不可小觑，主要体现在它独特的艺术特质方面。简单说来，其一，儿童诗具有单纯的审美品格。在这里，单纯等同于一种纯粹、透明的审美体验，有着复杂、高深的成人诗歌所不具备的动人美感（例如唐代诗人骆宾王的《咏鹅》与孟浩然的《春晓》）。其二，儿童诗具有童真的想象力。这种童真的想象力大胆、神奇，异想天开，最接近艺术的本质，它在思维层面属于原始思维或神话思维，因而其构建的意象画面充满神话色彩或童话意味。其三，儿童诗展示出儿童特有的敏锐直觉。在许多优秀的儿童诗作品中，小诗人们对于世界本相与事物奥秘的敏锐觉悟能力让人称奇，令绝大多数成年人自愧不如。与许多陈词滥调、想象力贫乏的成人诗歌相比，儿童诗这三个方面的艺术特质称得上难能可贵，而这与儿童天真、无邪、可爱、率真、聪敏的天性和人格关系密切。在某种程度上，儿童诗较之于成人诗歌在艺术价值及精神价值上反而会略胜一筹，因为儿童诗的想象力与纯粹性整体程度上要高于成人诗歌。正是在这个意义上，马克思高度赞扬《荷马史诗》展示出"人类童年时代所表现出来的无与伦比的想象力"，而这充分说明，"童心"或"赤子之心"在诗歌创作中所蕴含的巨大的艺术与精神创造力。也正是在这个意义上，英国17世纪诗坛巨匠弥尔顿这样赞颂儿童："儿童引导成人，像晨光引导白昼"。由此可见，儿童的艺术创造天赋反而常常是优于成人的。

事实上也是如此，许多具有很高文学史地位的中国当代诗人，在其诗歌创作生涯中，都有意或无意地吸取儿童诗的艺术与思想精华，创作出了若干独具特色的儿童诗篇。现以朦胧诗人为例，梁小斌创作出了《雪白的墙》，舒婷创作出了《童话诗人》等地道的儿童诗篇，为他们的诗歌创作带来了新颖的审美情调与别样的艺术价值。

进入21世纪以来，中国儿童诗的创作进入了一个繁荣阶段（与中国当代诗歌创作的繁荣态势保持一种对应关系），出现了老中青几代儿童诗人"同台竞技"的可喜状况。尤其令人欣喜的是，近10年来，一大批儿童诗人（按照人们约定俗成的看法，14周岁以下的小诗人被视为儿童诗人）茁壮成长，他们运用儿童思维、儿童语言、儿童情趣与儿童想象，创作出了数量众多、质量优异的本色化儿童诗篇，这些诗篇的艺术想象力出神入化，语言意象单纯自然，表现技巧圆润纯熟，思想意识深刻卓越，是超越了许多成年儿童诗人的创作水准的。小诗人们在儿童诗创作上的集中爆发与后来居上的可喜态势，预示着未来中国儿童诗良好的创作和发展前景，令人无限期待。

这次，凌翔、夏海涛两位先生主编了一套非常别致的诗丛，集中推出夏圣修的《雪是冬天的勋章》、李泽慧的《另一朵花开》、林蔚然的《林木蔚然》、孙嘉翌的《隐身》、朵朵的《回到地面》、黄豆逗的《天空停车场》、戴子岚的《我和四季有个约会》等多位年轻诗人的诗集。从这些题材丰富的儿童诗集中，我们可以鲜明地感受到这批诗人整体上展示出来的非凡创作天赋和巨大艺术潜力：他们共同拥有出色的、丰富的、童真的想象力，又各具特色。简单而论，夏圣修诗歌中的想象充满奇思妙想，修辞颇为老成，功底扎实；李泽慧诗歌中的想象展现出理性的品质，作者观察冷静，表达精准而节制；林蔚然诗歌中的想象与现实关怀精神有机地融合在一起，抒情气息浓郁，风格比较空灵；孙嘉翌诗歌中的想象则充满魔幻色彩，语言表达生动传神，风格幽默而机智，令人印象深刻；朵朵的诗有一种神秘而幽玄的洞见，在幼小的心灵里，过早地体验了成年的痛楚；黄豆逗的诗有神奇的拟物和角色互换，生动烂漫；戴子岚的诗则清纯又多彩，描述了童话般的自然与生活。

在此，衷心期望上述几位年轻诗人在诗歌创作的道路上执着地坚持下去，在保持自己独特艺术优势的同时，还应虚心从优秀的前辈与长辈诗人们那里汲取思想与艺术营养，努力让自己从一位小诗人成长为一位大诗人。

是为序。

谭五昌

2020年11月20日凌晨5点18分写于北京京师园

谭五昌，江西永新人，北京大学文学博士，海内外具有广泛影响力的诗歌评论家，现任北京师范大学中国当代新诗研究中心主任。已出版《20世纪中国新诗中的死亡想象》、《中国新诗排行榜》、《青年诗歌年鉴》、《“我们”散文诗群研究》、《在北师大课堂讲诗》（五卷本）等学术著作及诗歌类著作30余种。近年来，担任徐志摩诗歌奖、闻一多诗歌奖、海子诗歌奖、昌耀诗歌奖等国内重要诗歌奖项的评委与负责人。

序　一

请你去问戴子岚

如果你想知道，从一朵野花身上能看到什么，请你去问小诗人戴子岚。她在小诗《野花》中这样写道：“一朵野花 / 从地上探出头来…… / 春天 / 正瞧着我们。”在野花探出头来的现象中，看到了春天正瞧着我们。这就是“发现”。

原来，诗歌里要有“发现”。

什么是“发现”？“发现”就是：在现象的后面看到深刻的含义。有了“发现”，诗歌就有了灵魂。

如果你想知道，枫叶是什么样子的，请你去问小诗人戴子岚。她在小诗《枫叶》中这样写道：“枫叶 / 很小 / 就像 / 我小小的手掌　枫叶 / 很红 / 就像 / 那天上的太阳。”从一片枫叶，想到了手掌，想到了太阳，这就是“联想”。

原来，诗歌里要有“联想”。

什么是“联想”？“联想”就是：从一个事物想到另一个事物。有了“联想”，诗歌就有了躯体。

如果你想知道，怎样才能把各种联想组合成一首诗，请你去问小诗人戴子岚。她在小诗《花儿》中这样写道：“春天的花…… / 夏天的花…… / 秋天的花…… / 冬天的花……。”用季节把联想串联起来，这就是“构思”。

原来，诗歌要有“构思”。

什么是“构思”？“构思”就是：找到一条线索把联想串联起来。有了“构思”，诗歌就有了骨架。

如果你想知道，诗歌怎样才能让人眼前一亮，请你去问小诗人戴子岚。她在小诗《灯与爱》中这样写道：“有灯就有爱 / 它是不熄的 / 不熄的魂。”这句诗，像人的眼睛一样，闪闪发光。这样的诗句，就是“诗眼”。

原来，诗歌要有“诗眼”。

什么是“诗眼”？“诗眼”就是：能够拨动人们心弦的诗句。有了“诗眼”，诗歌就有了眼睛。

小诗人戴子岚的这些回答，是写好一首诗歌的基本要求。想不断地写出好诗歌，就要像戴子岚这样，大量地阅读，用心地思考，勤奋地写作。

你还想知道什么？戴子岚还会做出回答。那就请你快快走进这本《我和四季有个约会》吧！

金本

金本，诗人、《少年诗刊》主编、中国儿童文学研究会常务理事、《中国少年报》原主编。

序 二

飞翔的蒲公英

每一个孩子，天然就是一首诗。他们那稚嫩的笔触写下长长短短的诗行，是心中流淌的快乐与忧伤。

带着这群孩子读诗、写诗，没有想过谁真正会成为一名作家，只希望蕴藏在诗里的节奏与韵律，成为点亮孩子生活的光。我和孩子们读金子美玲，也读顾城，读泰戈尔，也读狄金森，除此之外，古典文化的浸润也是必不可少的……一路走来，我总在想，也许哪一首诗、哪一句话，就成为一粒蒲公英的种子，飞入孩子的生命，溅起层层涟漪。

因为诗歌，孩子们有了很多特别的第一次，第一次在小朋友面前朗读自己创作的小诗，第一次创作的小诗被做成美丽的明信片，第一次自己的小诗变成铅字发表……

子岚八岁生日时，带来了一个大大的蛋糕和小朋友们分享，吃着甜甜的蛋糕，一个孩子提议："蛋糕像诗一样甜蜜，我们为她写诗吧！"真是一个太美好的想法，于是，孩子们忙碌起来，每个孩子都为她写了一首诗，收集在一起，装订成诗歌绘本。这是一本专属子岚的诗歌集，一本汇聚了所有孩子美好祝愿的诗集。虽然封面还有错别字，但我仍然相信，这些美好的词句将成为子岚心中永远的甜蜜。

三年级时，子岚开始她的创作，每天都写上一点，这些诗句有的写在小纸片上，有的写在作业本后，晚归的妈妈用心地整理在一起，帮她做成漂亮的明信片，后来越写越多，每天都有创作。

我只是好奇，是什么支撑着这个瘦弱的女孩拥有这份强大的意志可以这样坚持。每一次，我都认真读，挑出不错的小诗在班级分享，发到我的朋友圈，把点赞和评论给孩子看。慢慢地，子岚的诗越写越有意境，越来越有哲理，发表的诗作也越来越多，始终没有间断的就是每天的创作。

教室里有盆一叶莲，孩子们好喜欢呀，万般等待中，花终于开了，那毛茸茸的花瓣，那纯洁的白，一看就让人心生欢喜。子岚写道：

花朵谢了
鸟儿飞走了
一叶莲
来到了我们身边
一瞬间
有的东西
永远不在了
而有的
却成了永恒

是呀，花开花谢，一瞬间，有的成为永恒，有的却永远不在了。孩子就如一位哲人，用属于他们的眼睛观察这个世界，却远比成人通透美好！

总有孩子好奇地问："子岚，你怎么有那么多写的呢？"

子岚笑着说："我想到什么就写什么呀。"

下课时，小朋友拉着我说："瞧，子岚又在写诗了。"对呀，做完作业的子岚随意拿出一张纸，又在创作了，随性而写，把它当作生活的一部分，却又似乎有些漫不经心。写作嘛，本就应该是一种享受，而不是枷锁。

愿子岚真正成为这飞翔的蒲公英，用文字点染生活的美好，自由自在地飞翔！

龙亭如

龙亭如，成都市实验小学战旗分校教师，热爱诗歌教学，本书作者戴子岚的班主任、语文老师。

目 录

第二辑　花朵的秘密

第三辑　日月星辰的悄悄话

第四辑　小蒲公英的奇思妙想

第五辑　我生命中的一盏灯

第七辑　丢在岁月里的痕迹

第八辑 为了永久的纪念

第一辑　我和四季有个约会

露 珠

早晨
小小的露珠
在草叶上坐滑梯
“嗒”
小露珠掉到了地上
不见了踪影
晚上
小小的露珠
又回到草叶上的家
啊
它在和太阳捉迷藏

（第一首发表的童诗，写于八岁）

我喜欢

春天
我喜欢你
你的脚是彩色的
你的脚印像花朵
我喜欢

夏天
我喜欢你
你的脚是火做的
你的脚印像火球
我喜欢

秋天
我喜欢你
你的脚是树叶做的
你的脚印像一片土地
我喜欢

冬天
我喜欢你
你的脚是雪堆的
你的脚印像白带子
我喜欢

（第一首童诗，写于七岁）

春　天

今天
太阳非常暖
我和妈妈躺在床上
静静地享受阳光
突然
春天咬了一下
我的屁股
我睁眼一看
原来
是妈妈
用手捏了一下
我的屁股
叫我起床
去人民公园
找春天玩

春天到了

我推开门
发现
几朵花开了
几片云在蓝天上
游荡
几只虫在草丛中
徘徊
春天到了
夏天也不远了

夏天的梦是什么颜色的

我在想
夏天的梦是什么颜色的呢?
它可能是深绿色的
把整个大地都染绿了
它可能是白色的
凉冰冰的
看来夏天也喜欢吃冰棒
它还可能是浅蓝色的
因为太阳把夏天晒热了
夏天喝了很多水
天就没那么热了
于是
就变成了秋天

夏日星空组诗

（一）

星空里
云已经眠了
太阳也走了
只有星
还在调皮地眨着眼睛
我
躺在星空下的土地上
轻轻合上了眼
感受生命的
悸动

（二）

那飘在
天空的星星

在夜空中
留下了岁月的痕迹
月亮眯着眼
一副困倦的样子
这个夏日的星空
充满了美好

（三）

仲夏夜
一颗星
划过天际
打破了
夏日里的宁静
一声蝉鸣
把
人们
从美妙的幻想中
唤醒了
夜沸腾了

（四）

在
蛙声一片的

夏夜里
一只小鸟
扑腾着翅膀
孤零零
飞向远方
星星
眨巴着眼睛
无法用言语
形容
我此刻的心情
我的心
迷失在星空中

（五）

夏日的夜晚
比白日的炙热
清凉多了
一朵荷花
悄然探出头来
望向远处的山坡
几点星光
在空中一闪而过
这样的夜色
是人间的仙境

树林里的秋天

树林里的居民
都为秋天的到来
而高兴
桂花在枝头
灿烂
果实也从树枝上
跳了下来
秋天
就在这样
隆重的典礼中
过完了它的一生

秋

操场上
有一棵桂花树
小小的金黄色花瓣
是秋的味道
闻一闻
秋意
就藏在我心底了

雪

当那晶莹剔透的冰晶
沾上一串一串的小水珠
在云中升华而成的时候
排列有序的雪花
悄然地落了
那六瓣
是冬天的偏旁
飘洒下来了
浸润了
孩子们的心
原来
雪花是冬天的诗篇

公平（一）

今日立冬
河水结冰了
动物冬眠了
但我们
还要去上学
你说
这公平不公平？

冬 日

冬日里
掠过我脸边的
不是那漫天的飞雪
撞到我怀里的
是那
奇异的一抹黄
交织着
我儿时的回忆

冬天的花

冬天的花
在地里打喷嚏
不小心
流了一地鼻涕
把春天唤醒了

雪花是冬天的泪珠

秋天匆匆地走了
它带走了硕果累累
带走了丰收的欢笑声
让冬天很伤心
流下了雪一样的泪珠
把世界都变白了
眼看着
春天快到了
它才露出
欣慰的笑容

夏夜的一颗小星星

宁静的夏夜
有几颗星星划过夜空
我坐在沙发上
透过窗子
仰望星空
有一颗星星
总是格外的闪亮
我想
我要去追寻它
我跑啊跑
跑到了一片白雪之中
找到了那颗星星
后来我才知道
这个地方
叫北极圈
那颗星星
叫北极星

父亲和儿子

春天的一举一动
冬天都放在眼里
终是父亲培养出了儿子
还是儿子取代了父亲

蝉 鸣

蝉夏天叫得最欢
似乎在享受
却不知道自己还有没有明天

星

在夜空里

一闪一闪的星星

往往是最努力攀上星空的那一个

淡淡的火

夏天的太阳
总是在释放着一团
淡淡的火
映照着
马路边五色的蝴蝶兰
池塘中娇艳的荷花
田野里婷婷的马鞭草
散发着幽幽的清香
在这个初夏
把我的心点燃了

第二辑　花朵的秘密

花朵的秘密

花朵
有一个天大的秘密
是狮子大人对它说的悄悄话吗?
不是
是毛毛虫留下的口水吗?
不是
是昨天鸽子妈妈丢下的一颗鸽子蛋吗?
不是
它的秘密
是
对一只小小蚂蚁的暗恋
只因
这只小小蚂蚁
曾经
轻轻地走过它的花瓣

野 花

绿茵茵的草地上
一朵野花
从地上探出头来
窗外
一枝红杏
弯着腰
像是在说
看
春天
正瞧着我们

花　儿

春天的花
是蜜蜂们做蜜的材料
夏天的花
是蚂蚁们避暑的地方
秋天的花
是树叶们午休的被子
冬天的花
是睡在被子里的小孩儿

（第二首童诗，写于七岁）

桃花和香气

粉红粉红的
桃花
慢慢开放
它那椭圆的花瓣
在风中飘荡
小蚂蚁看见了
是谁在这里放了一条小船？
小蚯蚓看见了
是谁在这里放了一张大床？
小虫子看见了
是谁在这里放了一块滑板？
我看见了
把花瓣放进了我写的诗集里
我的诗中就有了桃花的香气

枫　叶

枫叶
很小
就像
我小小的手掌

枫叶
很红
就像
那天上的太阳

（第三首发表的童诗，写于八岁）

银杏叶（一）

金灿灿的
银杏叶
被风儿追赶
一不小心从树上
跌了下去
大地妈妈好心
接住了她
慢慢地
慢慢地
银杏叶
在大地妈妈的
怀抱中
睡着了

一叶莲

花朵谢了
鸟儿飞走了
一叶莲
来到了我们身边
一瞬间
有的东西
永远不在了
而有的
却成了永恒

菊花伤

语文课上
老师赠我
一朵金灿灿的
菊花
晚上
我把菊花
泡在水里
那一片片金黄色的
花瓣
在水中摇曳
我在想
也许
菊花就是
我们心里
最深的一抹忧伤

葡　萄

你还是个小孩子
在树梢上
荡秋千
不小心
划破了裙子
坐在藤蔓上
羞红了脸

窗外的玫瑰

窗外有一枝
熟透的红玫瑰
今天
它向我伸来
咔嚓
咔嚓
窗帘被它刺穿了
咔嚓
咔嚓
蒙在脸上的纸
被它刺穿了
在距离
我的眼睛
一毫米的地方
我终于看清
叶柄上面写了一行字
我喜欢你

牵牛花

骄阳下
你耷拉着脑袋
卧倒在地面上
一副凄凉的样子
而你经常嘲笑的野花
却在
享受太阳的力量

龙泉山上的桃花

桃花
在龙泉山上
跳舞
不小心
把花骨朵给撑开了
它咧开了笑容
继续跳着
那象征着春天的
舞蹈

花花世界

我闭着眼
满世界的花香萦绕
芍药从茂密的草丛
伸出来了
粉色的重重花瓣
包着花苞
桃花从青色的墙头
伸出来了
还带着
一滴滴晶莹的七彩露珠

此时
妈妈在我脑门上
拍了一下
梦醒了

梨花

穿着梨花裙的姑娘们
坐在树上荡
一不小心
撞上春天
枝头嫩蕊
从树上跌落
摔了一个跟头

银杏叶（二）

我拾起一枚银杏叶
在阳光下闪着金光
我用它
做成金色的书签
我在那个书签上
写上精美的文字
记录一段童年的时光

荷叶田田

雨后的清晨
荷叶田田
露珠来到荷叶家做客
但她是个捣蛋鬼
不停地在荷叶上
跳舞
荡来荡去
一不小心
自己滑到了地上
了无踪迹

桂花和人生

大树上
几朵桂花正欣然绽放
大树下
几朵桂花趴在泥土上
已经悄悄死亡
桂花
一时灿烂
一时失落
人生是不是也如此呢?

花儿落了（一）

花儿落了
随风摇曳着
慢慢地
又回到了
大地母亲的怀抱
等到春天
它们又会开放
那么纯洁
那么绚丽
我总觉得
这就是花儿的第二次生命

落叶（一）

落叶
是秋的结晶
那简单而又朴素的色调
镶嵌在一片枯黄中
在风中翻滚着
摇摆着
还残留着
些许岁月的痕迹
那是多么的沧桑
其实这样凋零
也是落叶
一生精彩的总结

落叶（二）

叶子
总是绿色的
这并不完全对
你看过秋天的落叶吗
它们或许已经变黄
或许还残留一丝绿色
再或者已经满布黑纹
每一片
总能让你意想不到
那么期待
就像抽盲盒一样
期待着下一个
能有什么惊喜

花朵的竞赛

春天活了
开始热闹艳丽的角逐
三角梅、梨花、桃花、杏花
热闹的植物大军开战了
你一朵儿
我一朵儿
在春风里
花枝招展
争奇斗艳
即使是野草野花
随意绽放在街头巷尾
看似漫不经心
实则画龙点睛
颇有烟波含春之势
成就着一个美丽的春天

第三辑　日月星辰的悄悄话

我有一个装满星星的口袋

我有一个
装满星星的口袋
那是一个神奇的口袋
每天晚上
我都在夜光下摘星星
白天
我就去找一位善良的姑娘
趁她熟睡时
给她留下一颗星星
那是一颗能够让愿望成真的星星
满月的夜晚
我会把口袋里的星星
穿成一串儿
借着这条长长的
星星梯
爬到月亮里
和嫦娥姐姐一起跳舞
和玉兔妹妹一起玩耍

月亮回家

夜晚
月亮想要去
海里走一走
和那些孤独的小鱼儿
说说话
和暴躁的海浪先生
一起跳舞
和骄傲的海底龙王
一起喝酒

月亮可高兴了
在波光里一闪一闪
太阳妈妈知道了
叫她赶紧回家
她只好挂着满脸泪水
心不甘情不愿地
跑回家

在夜里，那一盏一盏的灯

静谧的深夜里
那一盏盏明灯
布满整个星空
看那调皮的萤火虫
一闪一闪的
一盏一盏的灯
就升起来了

弯曲的月亮

夜晚
河流与月亮同行
月光照在水面上
给河流展示自己变形的本领

水里的小鱼看见了
翘着尾巴鼓起掌来
小螃蟹看见了
挥动着两个大钳子
激动得嘎嘎乐
天上的月亮看到了
甜蜜地笑了

我生气了

我生气了
把大海中的水吸干了
把大大的太阳吃掉了
把天上的云朵吞进肚子里了
可是
当我第二天起来的时候
大海还是一片汪洋
太阳还是挂在天上
云朵仍然在天上飘
原来
我做了一个梦
在梦里
我生气了

星星的眼睛

星星
有一双
很特别的眼睛
有一天
星星一个不小心
把眼睛
掉到海里面去了
沉在沙子里
很多年以后
就成了闪闪发亮的珍珠

大地与天空

天空是
大地的妈妈

如果下了雨
那就是
大地挨了骂

如果打了雷
那就是
大地被打了

如果下了冰雹
那就是
大地的屁股被打开了花

打完了
天空的心情就好了
彩虹宝宝就出来了

大地的话

大地跟我们
说了很多话

有的话在花朵里
那是在告诉我们
春天就要降临

有的话在白云上
那是在告诉我们
白云是个天气预报员

有的话在小小的蚂蚁身体里
那是在告诉我们
蚂蚁搬家
出门带伞

阳 光

阳光
从天空之城
笔直地落下
落到我的头上
我用手一摸
顿觉火辣辣的
原来啊
阳光里面
竟然藏着一个小金人
我一不小心
被他刺伤了

星光下

寂静的夜里
天上有
一颗颗星星
照亮了我的梦
不知道
它们看见了吗
我用它们的清辉
伏在床头
写了一首小诗
把人间的美好
都照亮了

美 好

趁太阳还没有升起
我
赶紧写下
一首小诗
来安慰自己
在这个
清晨
一切美好
都
与我相伴

我是星星

我在夜空中
散步
累了
就在月亮怀里
睡觉
听月亮妈妈讲故事
听腻了
就低头
看看
人们在做什么
快不快乐

云

云从前是
一种小动物
它们很听天神的话
只不过
它们后来
太骄傲了
天神就把它们变成了朵朵
飘着的云
永远不能落到地面

鲸 途

鲸在潜游

追寻生命的永恒

白发苍苍换来限时的美好

悬　浮

自然悬浮在空中的物体
总是那么神秘
星星只在夜空中闪烁光芒
月亮也只会在晚上出没
云彩一会儿走一会儿停
朦朦胧胧地点亮了
我的眼睛和
来时的路

第四辑　小蒲公英的奇思妙想

蒲公英的约定

世界上的每个人
都是一棵小小的蒲公英
它们长大了
就会随风飘游
奔向自己的梦想
我们
蒲公英中队
五十三个
约定好
我们的承诺
乘着蒲公英的小伞
一起去遨游世界

苹 果

有一天
一颗苹果
砸中了牛顿
他成了科学家

后来
又有一颗苹果
砸中了乔布斯
他成了发明家

我满怀期待地
站在苹果树下
希望
有一颗苹果也能
砸中我
那有多好

我们的未来

早晨
太阳升上来
我们都做着
自己该做的事
小朋友在做操
大人们在上班
老人们在打太极拳
这就是我们美好的未来!

逃　生

今天晚上
我对妈妈说
明天我要
逃出你的魔掌
逃生到学校去了
妈妈听了
大笑一场

梦和魔法

昨天晚上
我做了一个梦
梦里我打败了一条龙
龙会实现我一个愿望
我就跟他说
让我妈妈变得
像哈利·波特一样会魔法吧
这样
我就能骑着扫把去上学啦

如果我长大了

如果我长大了
我会当一个扫地阿姨
因为她的存在
让大街永远干净

如果我长大了
我会当一位好总统
因为她决定了
我们的世界是否和平

如果我长大了
我会当一名宇航员
因为她可以坐着飞船
到处遨游

我想快点长大
因为我就可以实现自己的梦想了！

如果我是妈妈

如果我是一位妈妈
我会
在孩子伤心的时候
给她一个安慰

如果我是一位妈妈
我会
在孩子放学以后
陪她一起玩耍

如果我是一位妈妈
我会
等孩子做完作业
和她一起打游戏

这是我一直以来的梦想

懒 人

不要说我懒
我其实不是真懒
我是为世界
增加高科技
有的人懒得跑步
就发明了汽车
有的人懒得游泳
就发明了轮船
有的人懒得扇扇子
就发明了电风扇
所以
创造世界的
一定是个超级大懒人

快乐是什么

快乐是什么
松鼠觉得
快乐就是能在冬天里挖到
秋天种下的小松果

小狼觉得
快乐就是午餐后的
休眠时间

我的快乐就是
捉弄我的妈妈
哦，老天
快乐就是我们
一直想要
做的事情呀

梦

梦
一定
是个小孩子
每天晚上
它都会飘进
我的脑袋里
描述出一个个奇妙的故事
有一次
还梦到
我和外星人结了婚
哈哈哈

我最崇拜

我最崇拜
那个造火箭的人
埃隆·马斯克
他是历史上
第一个敢于自己造火箭的人
他还要把所有人
都送到火星去
这个疯狂的想法
让我心生欢喜
我终于
有机会去火星上
溜达一圈了

树 种

每个人的身上都有一颗树种
小时候把它埋进心中
等待它发芽生根
有的孩子悉心照料
有的孩子不加管理

一个月后
一个长出了枝干
一个什么都没有
这就是努力的差别

十多年后
一个早已枯萎
一个却顽强生根茁壮成长
这就是十年树木百年树人

瞬　息

上一秒的朋友
下一秒
就变成了敌人
上一秒的承诺
下一秒
就变成了荒谬
每一次回顾往事
都有过去的伤疤被揭开

偏　心

世上没有东西不偏心
地球向东偏了 23.6 度
叶子落下时也不是直线
太阳对待每一块区域的人们
是不一样的
心在人体的左边
这些自然事物都会偏心
数学老师也会偏向
成绩好的学生

超　越

游戏中
辅助都能拿五杀
这道理谁都懂
但在现实中
拿到一副最烂的牌
却不想着怎样逆袭
整天抱怨
最后被
比自己能力还差的人
超越

平行宇宙

世界的另一头
有一个平行宇宙
里面的人
会做出不同的选择
如果我有机会
穿越到其他平行宇宙
我也不会把事办砸

但哪来这么多如果呢？

人之初

孩子们
最初都是善良的
只是不知不觉
被大人教坏了
大人们总是突然觉得
自己的孩子变坏了
却不回首看看
自己办过的蠢事

人类大搬迁

如果地轴
失去磁场作用
地球两边就是
一片极昼
一片极夜
白天
人们会尖叫着冲向极昼区域
度过一日
又会到极夜区域
度过一夜
这就是人类的大搬迁

没 有

如果没有扇子
就没有诸葛亮

没有诸葛亮
就没有刘备

没有刘备
就没有蜀国

没有蜀国
就没有现在的成都

没有成都
我又到哪儿去呢
幸好现在还有扇子

那晚，未完

那晚的狗屎
被我踩了一脚
才有了后来的故事

随想（一）

哥白尼的日心说
告诉我们
眼见不一定为实

随想（二）

许多
看起来美好的事物
往往会
在不经意间
把你的身体彻底压垮

随想（三）

灯是亮的
来源于它里面的芯
人是亮的
来源于他的老师

随想（四）

劝你善待
动物和植物
以后高等生物
入侵地球
它们也会
这样对待你的

随想（五）

规则
是弱者的围栏
强者则是
制定规则的人
他们在围观

随想（六）

每个人
都有自己的才能和长处
如果你
放弃它
只看到自己的缺点
尽管你很努力
也不会有很大成果
只因
如果努力有用
还要天才干什么

随想（七）

一个人
天资过人
学什么会什么
一个人
学渣体质
无论老师再好
都会学废

随想（八）

大人

什么都不懂
但只有
我们小孩子
才知道
他们什么都不懂

随想（九）

告别争执的方法
不要跟笨的人
谈话

随想（十）

如果成功
需要舍弃感情
我宁愿一生平凡

随想（十一）

童年的快乐
只能保留在
相框中
电脑里
长大后
就会渐渐淡忘

梦　想

把梦想装进一个瓶子里

生活的海会把它卷走

长大后

你会捡到这个瓶子

会若隐若现

漂浮不定

努力吧

把它抓住

你就拥有最美的梦想

返　祖

曾经智慧的我们
现在都要自取灭亡
却又毫不知情
还在一本正经地胡说八道

小老鼠变形记

小老鼠是
上帝派来的天使
几千年来
徘徊在人间
可惜
它被人世间
无尽的险恶
给吞没
变成了
现在的模样

我长大了

昨天
妈妈带我去人民公园
我一心想去淘气堡
这是今年以来
已经盼望很久的事
没想到
他们说
我太高了
不让我进去
害我一早的期盼
落空
只因
我长大了
此刻
我有点悲伤

我的天堂

童年时代
我心中的天堂
是一片浩瀚无边的草原
那里
鲜花盛开
春意盎然
看
东边飞来一只小鸟
西边走来一只驼羊
而我
就在这极乐世界之中
看着一本本
来自“天堂”的书籍
享受人生

忽然
听到妈妈大声叫我读英语
“天堂”不见了

笼中鸟

这届的鸟儿
生活是越来越安逸了
衣来伸手
饭来张口
觅食的本能早已淡忘
一个小意外
就要了小翠鸟的命
想起它凶猛的祖先
它们为了生存而强大
那后代却早已软弱
不再努力
不再挣扎

咦
这说的不正是我吗？

（爷爷养鸟之感悟）

第五辑　我生命中的一盏灯

人生的美好——致龙亭如老师

理想花园中
树叶在落
花朵在盛开
而你
静静站在树旁
用文字
记录下这一切

人生要有文字
才美好

我生命中的一盏灯

我的生命中
有一盏明亮的灯
它在闪着光亮
给我照亮前进的路
温暖着我的人生
它就是
那一首首
用美丽的文字
书写的诗歌

老师，我想对您说

老师
我想对您说
请不要对我们太严格
让我们休息一会儿
我们终究会长大

老师
我想对您说
请不要过分宠溺我们
让我们经历风吹雨打
我们不是温室里的花朵

老师
我想对您说
我们会永远
把您放在心上
有一天我们会成为您的骄傲

师

六年的时光
换来了一张毕业照
换不走的
是六年的亲密相处
这份情
埋藏在五十三个孩子的心里
师
与母亲一样伟大
倾注六年时间
只为你接到录取通知书的一笑
伟大的
不可忘怀的
师

光

宁静的早晨
它静静散发着光芒
让所有人的眼睛
都习惯那一寸光明
一寸爱

五星红旗

清晨
美丽的五星红旗
和东边的旭日
一起
徐徐升起
听着国歌刚劲激昂的节奏
我知道
我的肩上驮着一个
灿烂的世界

如 果

如果
数学老师
也会写诗
那她
就能从诗歌中
获得一个
快乐的笑容
这就是诗歌
给人类
带来的力量

老师的眼睛

别人都说
老师的眼睛是
雪亮雪亮的
我
可不
这么认为
我发现
老师的眼睛
就像一口深井
根本不能
在里面
找出一点破绽来

如果我是老师

如果我是一位老师
我会
允许孩子们
不做作业
让孩子们的笑声荡漾

如果我是一位老师
我会
天天给孩子们
读绘本
让孩子们的眼界开阔

如果我是一位老师
我还会
建议教育局
减少考试
让孩子们的童年飞翔

毕业照

未来的自己说
我们承受了
9600 节课
240 个星期
12 个学期
一张试卷考散了
全班的人
最后
只剩下一张毕业照了？

诗的书

它就像
一朵飘在空中的云
四处记录着一切
心中
掠过
三分欢喜
三分悲伤
还有三分空灵
瞬时
轻抚
世间万物
成就
奇迹

人 生

来了爱了
给了他一颗星
走了谢了
这就是人生

诗的魂

一首诗
也许
就是诗人的灵魂
把爱的力量
传播
一代
又一代

时　间

时间
匆匆忙忙的
走过这里
带走了我那黑黑的长发
带走了我那美丽的面容
还带走了我的妈妈
最后
连同我也被时间带走了

蝼　蚁

无数的星辰
在夜空中闪烁
距离我们是那么遥远
看上去
只有微弱的光芒
在闪烁
站在山顶
头顶着
一望无际的星海
脚踏着万丈青山
一瞬间
天外星海中
似乎有一只巨大的眼睛
正俯视着我们
也许我们就是一群蝼蚁
宇宙就生存在
这无垠的想象之中

等我走到生命的尽头

等我走到生命的尽头
你却还是一个
不懂事的小妹妹
整天整天把
我的遗产摆弄摆弄
然后
又在一些石头上刻字
扔进我的坟墓

我的一生

星期一生下来
星期二上小学
星期三上初中
星期四上大学
星期五结婚
星期六生孩子
星期天去天堂
这就是我的一生

不知天高地厚

今天
我见笑话书上说
一个女的与一个男的约会
她问那男的
你知道
天有多高
地有多厚吗？
不知道
哎
又碰见一个
不知天高地厚的家伙
通过这则笑话
我彻底明白了
谈恋爱是种很麻烦的事情

做梦

我昨晚做梦
梦见了
我妈妈正在给我洗脚
奶奶正在拿着扇子给我扇风
爷爷则在后面给我捶背
我不禁笑了起来
突然
我醒了
看见我妈正拿着
鸡毛掸子站在旁边
我吓得赶快起床了

理　想

在电梯里
望着拥挤的人们
我心里暗暗想
等我长大了
一定要当上亿万富翁
买部属于我自己的电梯

如果我是上帝

如果我是上帝
我会把
世界上所有的坏人
都消灭

如果我是上帝
我会使
人们只会笑
不会哭

如果我是上帝
我希望
大家
永远都考 100 分
永远不会挨骂挨打

公平（二）

太不公平了吧
一周要上五天学
却只休息两天

太不公平了吧
别人随时都能离开托管班
而我却要等到七点半

诗歌和童年

诗歌
是童年的眼睛
在暗夜里
熠熠发光
童年
也许
是我们一生中
最快乐的时光
快点儿
快点儿
让我
用诗歌记录下
长大后
再来回忆
这些美好

老人与海

在那一片汪洋的大海上
漂泊着一只孤独的小船
老人用他那沧桑的
布满皱纹的手
用他那顽强的精神
在要濒临死亡的一瞬
猎捕了一条鲨鱼
尽管
没有人知道
也没有人
会对他感到钦佩
他还是把鲨鱼拖回了
尽管只剩一副骨架
但他还是做到了
那个老人
顶天立地

荷塘月色

那无边无际的荷塘啊
密密麻麻的荷叶
那皎洁的月光
在天空中徐徐升起
看
那是生命的无尽绿意
看
那是纯洁的圣白之光
美哉
那荷塘
如细玉
雕出来的一样
妙哉
那月色
如圣光
刻出来的一样

城南旧事

在城南处
埋藏着历史
有一位作家
在这里
写下了一段又一段的故事
有悲伤
也有快乐
读完之后
眼里都是真实

奇　遇

大街上有一位老人
牵着一个一条腿的小孩
慢慢地走着
月光照耀着大地
用那纯洁的光
让朴素如简
埋在每个人心里
月光下他们静静地走着
日光里他们静静地走着
一路上
看到鸡蛋花开花
听到蝴蝶的心语
一路上他们满心欢喜
一路上他们静静地走着

生　活

难过的事
就像姜和蒜一样
你若细细品味
嘴里就会充满辛辣的味道
让你落眼泪（我特别不喜欢吃姜和蒜）
你若是一鼓作气咽下它
就没有苦涩的味道了

抓住时间

我在羽绒服上
发现
一些灰尘的残骸
它是不起眼的
我注视着
那些微小的身影
仿佛看到了一颗石子
一块岩石
一个小山丘
甚至是一座山
这一瞬
我抓住了时间

第六辑　背影与我们的小时光

我

我像一个忙碌的小诗人
在小河边
写出一篇又一篇
美丽的童话诗谣
我像一个贪玩的小捣蛋
常常忘记了
回家

（第三首童诗，写于七岁）

彼岸花

一朵彼岸花
开在生死交界之间
传说
每到凌晨三点
它便会开花
我在想
我的妈妈的妈妈
的妈妈的妈妈
长什么样?
她早就在另一个世界了
我从来没有见过她

花儿落了（二）

爸爸的花儿落了
在一个星期天
风
一下子变得
温柔起来
阳光
也变得温和了
好像世界
都在为他悲哀
爸爸的花儿落了
在一个星期天

天使妈妈

我是天上的小精灵
常常坐在
夏天的银河边
不断找一个
像你一样的
天使妈妈
陪我一起长大
同我一起奔跑

骨 头

晚上回家的时候
我倚靠在妈妈身上走路
妈妈说
你怎么没有骨头一样
我说
昨天晚上我梦见
哈利 · 波特给我
施了一个魔法
所以今天
我全身就没有骨头了
只有靠着妈妈
才能走得了路

奶　奶

奶奶
像一条变色龙
脸上的
喜怒哀乐
随时在变化
我听话的时候
她都很温柔
只要我一上学
吃饭
洗脸
睡觉
做作业
就听到她
快、快、快
在我耳朵边大吼大叫

这只“变色龙”真的是太奇妙了

便便与妈妈

那天
妈妈要给我买
《魔法指环变便便》这本书
后来
这本书卖光了
妈妈就
指着我笑着说
哪一天
我也把你变成便便吧

我想
便便虽然很恶心
但
如果我是一坨便便
我就不用写作业了

口 水

妈妈
我要把口水存起来
你渴的时候
就喝上一口

因为
你年纪大了
口水太少了
就用我的吧

木偶和妈妈

今天
我在快递中
收到了一个
特别漂亮的木偶
你知道的
我喜欢木偶
可妈妈却说
这个是送给别人的
我真的不知道我的妈妈
到底是我的还是别人的

鸡蛋羹

早上
我吃着饭
突然
一个喷嚏来访
把我满嘴的鸡蛋羹
都赶了出来
飞在空中
它们无处可躲
降落到我妈妈的
大圆脸上

一口汤

今天早上
我又哭了
因为
我妈
把鸡蛋羹里的汤全舀完了
一口也没剩
那我还吃什么
没汤的鸡蛋羹
还叫鸡蛋羹吗?
我要饿死了
这世界也太没有道德了吧
我哭红了眼睛
这个世界不要我了
（以下省略五百字的控诉）

熊孩子

妈妈说
我是一个熊孩子
可我又不属熊
为什么
叫我熊孩子！
不就是
我没有编
班级月报
却非让妈妈
把我的名字写进
班级月报的编辑栏里？
妈妈不同意
我就号啕大哭一个小时
连睡觉前都在抽咽
因为我觉得太委屈了
明明我做了事
为什么
在妈妈眼里
我就成了熊孩子！

基　因

在家里
爷爷是个业余作家
写了几十万字的
《悲欢世界》三部曲
还得了全国大奖
妈妈动不动就写出个
几千几万字的论文
可我的作文
为什么总是
写不好
妈妈说
因为你继承了
你爸爸的基因

退 货

这个妈妈
可以退货吗

早晨的庭院里
我在银杏树旁
自言自语
也不知
哪个粗心的
快递员
忘了留下
送货公司的
地址

安 慰

你伤心时
我在你怀里
留下了一个吻
你高兴时
我在你额头
留下了一个吻
你生气时
噢
不
还是算了
赶快逃命吧

跳　伞

前天晚上
我的头顶
突然
一个小包来访
原来是
妈妈的手机
想跳伞
于是
它狠狠地
在我的脑门降落

妈妈的手

早上
妈妈想独自做菜
却被菜刀劝退了
她的手
被割了一个大口子
流血不止
只好用嘴含着
我看着很心疼
我帮妈妈做好了早餐
妈妈的手
现在还没摘下纱布呢

我不敢相信

我真的不敢相信
老师竟然每天
布置那么多作业，那么多背诵
让我疲惫不堪

我真的不敢相信
我的好朋友
竟辜负了我的好心，弃我而去
让我孤独寂寞

我真的不敢相信
我的诗竟然登上了
《中国女诗人先锋诗选》
原来世界还是如此美好

好朋友

成为好朋友
是非常困难的
因为
只要是好朋友
就总会
去说别人的缺点
让别人不开心
所以我想
成为好朋友
真的是非常困难
非常困难的事

生命的颜色

龙老师送给我的小草
冒出芽了
它们挤成一堆生长
手拉着手
肩并着肩
很挺拔地站着
那绿油油的
是生命的颜色
在风中摇摆
让人一见
就心生欢喜

婚 礼

国庆节
我去参加了一个婚礼
新娘美丽
新郎帅气
每个餐桌上
都有一朵鲜花
纯白色的
象征幸福美好

第七辑　丢在岁月里的痕迹

西安城墙

西安城墙
像一个演讲者
把自己多彩的内心
展现在游客的眼前
夜晚
那里
依然灯光闪烁

手　印

在
小雁塔地宫方砖上
有一个神秘的
手印
我猜
那一定是大禹治水时
留下的
如果不是
那么这手印是谁的呢?

华清池

我最喜欢
华清池了
因为
它是杨贵妃
洗过澡的地方
上面布满了
历史的灰尘

兵马俑

今天
我去看了
西安的兵马俑
那里人山人海
我好不容易
在一号坑前找了个位置
看清了
兵马俑的真面目
它们有的没了头
有的没了脚
甚至有些
全身都破碎了
我心想
如果那些兵马俑
是真人
那还不得
血流成河

杜甫草堂

杜甫爷爷
住在简陋的
茅草屋里
有人说
他是诗圣
有人说
他才华横溢
更有人说
他写诗很勤奋
可我觉得
杜甫一定是个
大地主
因为
杜甫草堂实在是
太大了

橡皮擦

橡皮擦
小帮手
帮我打败
铅笔怪

可是
为什么它越来越小
怪兽越来越多?

（第二首发表的童诗，写于七岁）

作业（一）

为什么
老师总给我们
布置这么多作业
爷爷说
他上学时根本没有作业
我
真想问问老师
是不是
她想用作业
来表现自己的学生
有多优秀

我的快乐

我的快乐是
趁我妈不注意
偷偷把
她的电脑屏幕
换一换
等妈妈一回神
我便狂笑不已
因为上面写着
别指望减肥了
八戒走了
十万八千里
也没有见他瘦
而且
他还吃素

颠 倒

在某个小学里
丁零零
丁零零
上课铃声响了
我慢慢走进教室
似乎还在回忆那精彩的十分钟

长达四十分钟的学习时间
又开始了
老师快速地讲起教材
同学们认真地记着笔记
而我则坐在座位上
心不在焉

如果
上课时间和下课时间

颠倒一下

似乎世界就会变得

更完美了呢

欢乐袋

昨天
我准备了
一个小袋子
等着
明天一早上学
送给龙老师
这里面是什么
除了我
谁也不知道
其实
我比谁都明白
里面装的
是
我一年里
积累的快乐

老师与秋叶

十月
我坐在教室
靠窗的地方
老师的声音沙哑着
窗外
几片落叶
在秋天的阳光里
和风儿一起玩耍
轻轻地
它跌进土里
零落碾作尘
和老师一样
默默无闻
滋润万物

没 收

手机没收了我的时间
妈妈没收了我的游戏
老师没收了我的快乐
补习班没收了我的童年

牙精灵

在课堂上
我掉了一颗牙
那颗牙的头是尖的
不像别的牙那么圆润
我猜
那颗牙里一定住着
一个丑陋的精灵
挥动着他那锐利的钉耙
把我的牙也变得
锋利无比
我把这颗牙
郑重地放在枕头边
希望长出一颗
美丽的牙
和一个善良的精灵

灯与爱

大街上
是一排排路灯
教室里
是一列列吊灯
家中
是一盏盏台灯
开关一按
柔和的光芒照耀了整个世界
让黑暗中也充满了暖意
有灯就有爱
它是不熄的
不熄的魂

画　家

太阳升起来了
画家还没起床
中午
画家还在睡
下午
画家终于起来了
伸了个懒腰
打个哈欠
随手画了几笔
又躺下睡大觉了
原来
画家
是在梦里寻找
灵感
他的灵感
就值两亿

手　机

地铁上
一排一排脑袋
齐刷刷地低下
四周散发着
手机的味道

石 子

不知道
是哪颗小石子
立在
我前行的道路上
一不小心
让我的膝盖
结出了青的瓜

最贵的叶子

天哪
一片叶子
880 元
原来
一片叶子
加上一位
技艺卓绝的画师
竟然有
这么高的价值
他一定为此
下了很多功夫吧
这就是学习的力量

路　灯

暗夜里
几盏路灯
孤独地
站立着
在这黑漆漆的夜色中
长出来几个“小太阳”

天黑了
路灯亮了
星星却还没有来
只有路灯与月亮
相依为伴
在这样的夜里
安慰着
孤独的月

不做任性的大人

老师说
诚信最重要
妈妈总不懂
和我说好的事
一过就忘
还借口
我把乒乓球拍砸烂
一拖再拖
我长大以后
绝对
不做任性的大人

车

流动的车
在街上行驶
从高楼的飘窗
往下看
像一队队
刚学会走路的小孩子
手拉手
齐走过

被委屈的文字

美

在生命的角落里

绽放

毫不起眼

被遗忘

被放弃

组成了

委屈的汉字

多年以后

却独行

成为举世无双的诗句

人人传唱

第八辑　为了永久的纪念

我约春风十里

为了和春天相约
我等了整整一个冬季
岁月更迭
不知不觉
冬天埋藏了对春天的敬意
春风十里
它又来了

一壶茶，一支笔
一朵海棠，一种悠闲
几多欢喜，无量愁绪
觅一块暖阳
写几首小诗
埋几处妙笔
寻得蝴蝶三两只

人间值得

人世间
总有一些人
会不顾生死地
冒着生命危险救你
总有一些人
会忙着帮你处理伤口
而忘记自己的伤势
总有一些人
捐献仅有的一些财富
给山村贫困儿童

这种力量
就在我们身边

海 棠

在骄阳下
一朵海棠
悄悄绽放着
完全不知道
新型冠状病毒的存在
它在
一心想着
心上人
蜜蜂
来访
我看见
春天依旧
向我们走来
春的气息
春天的脚步近了
花儿应该盛开了
可我

在家里
什么
都没看到
只能通过
妈妈微信发来的
海棠照片
闻见
春天的气息

生命的气息

春天来了
桃花一路绽放
街边的
老树也有了嫩芽
没有一个人
注意到
生命
在跟死亡决斗

万物生长

在这个
病毒肆虐的
城市里
一切都显得
那么陌生
街旁的
枯枝上
一颗颗
不知名的果子
悄然生长

盼 望

疫情开始时
我盼望这疫情不要结束
这样就不用上学了
过了五个星期
我盼望这疫情赶快结束
因为
我想念
我亲爱的老师
和同学们
我更想念
在操场上
自由地奔跑

带有王冠的病毒

新年到了
迎接我们的是
巨大的震撼
一个顶着王冠的病毒
来访地球
没有谁想到
会持续那么长时间
会影响那么多人的生活

昨天永远不会再经历
时间永远不会再重来
我不知道
谁能够摘去它的王冠
拯救所有生病的人
如果有的话
那他一定是个
大英雄

房间里的春天

春暖花开
也不知是谁
把春天唤醒了
一束春光
悄悄洒在我床头
阳光一晒
我睁开眼
看看屋子里
一盆盆绿萝
整齐摆放
窗外的桃花
也开得差不多了
原来
春姑娘
顺着门缝
微笑着
溜进来了

是　谁

一只口罩
一瓶酒精
占满了整个春节
多少人家破人亡
多少人背井离乡
所有人
最大的希望来自
白衣天使们
他们用自己的生命
与病毒抗争
凶手究竟是谁
为什么警察叔叔
还没有抓到他

平　板

这个春天
不能出门上学
平板
有很大的负担
每天
都得充两次电

隔离区

今天妈妈走了
从温江赶回成都
上班
不知道
下次的见面
会不会在隔离区里

标点符号

在这个
多灾多难的春节里
标点符号
倒是过得挺快活
该钻进课本的
钻进课本
该一起聊天的
一起聊天
丝毫没有受
新型冠状病毒的影响
可如果它们不小心
传染了新型冠状病毒
恐怕我们的作业
就遭殃了

作业（二）

以前
做作业是我们的麻烦
但在这个春节
好好在家
做作业
是我们对世界的报答

一只蜜蜂

我们的友情
比浩瀚的大海还要深
比插入云霄的山还要高
但
某一天
它死了
孤独地躺在窗缝

死亡面前
我的伤心
改变不了什么
唯有一丝裂痕
凭空出现
我沉默了
为它

历 史

神秘的力量
贯穿整个宇宙
在寂静的银河里
沉默
又沉默
仿佛一颗耀眼的星
悬挂在天际
从贫穷的生活
到未来的高科技
记录了我们多少的岁月
记录了多少时光
记录了多少个朝代的
起起落落

历史
我们看不破的经历

后 记

2017年元旦的时候，女儿送给我一张明信片，上面是她在语文课堂上写的一首小诗《我喜欢》，龙亭如老师很有心地选择了非常漂亮的配图，我被感动了；2018年9月遇到女儿非常讨厌写作文的难题，我又想到了这首小诗，萌生了让她坚持写诗，通过写诗提升写作水平，也记录她人生点点滴滴的想法。

后来，她发表了第一首诗歌《露珠》(金本老师点评)，这首诗给予了她很大的鼓舞。这一坚持就是两年多，从周一到周五，每天至少写一首诗，两年来她写了四百余首诗歌，很不容易。我从来不在乎她能发表几首，只要坚持，无论写的是什么，哪怕是憎恨的感情，只要是真情实感就好，其实这些都在记录一个孩子人生丢在岁月中的痕迹，现在看来不值一提，二十年后可能就是最珍贵的记忆。

经常有人问我是如何教育孩子的，其实我很惭愧，我都算不上一个好妈妈，平时实在太忙了，而且我也在读书上学，不断的考试占据了我的时间。我既没有像有些妈妈一样给孩子讲诗读诗，也没有给女儿足够的指导，更没有陪她上诗歌的补习课，甚至连如何写诗的知识我都很少讲，因为我确实不懂诗。我给女儿的只有鼓励，只是购买一些和诗歌相关的书籍堆放在书架上。我相信孩子就是天生的诗人，随意就好，真实就好，有意思就好。当然，在这里我要感谢龙亭如老师、金本老师、王宜振老师、聪善老师、张明宇老师、江枫老师、丁云老师、何超锋老师、夏海涛老师、严晨老师等，如果要列可能会有上百位老师，他们的帮忙与关怀，对我、对女儿、对童诗都是无言的支持，每一个瞬间都值得感谢。

戴子岚是一个充满想象力的孩子，拥有独一无二的个性与品味。其实无论我怎么做，都不能保证女儿一定能成功，99% 的人要过的都只是平凡而丰富的人生。我们都是普通人，我想通过诗歌这种形式让女儿知道人生只有一次，每一个瞬间都是唯一拥有的且一去不复返的过去，无论未来她成为什么样的人，都一定要在心中留下一些东西，比如爱，比如关怀，比如感恩。相信自己，拥有爱心的人运气都不会太差的，而且女儿那么爱笑，一定会幸福的。

只要她幸福，我就一切安好。

最后，愿戴子岚未来能有追求卓越的能力和韧劲，更有接受平凡的智慧和勇气，真实地活好每一刻。

代雁灵（本书作者戴子岚的妈妈）